Die Autorin

Magdalen Nabb ist in Lancashire/Nordengland aufgewachsen und lebt seit 1975 in Italien. Sie schreibt Kinderbücher und Kriminalromane für Erwachsene. Bevor sie das Schreiben zum Hauptberuf machte, arbeitete sie als Lehrerin und Töpferin. Auch heute noch ist sie neben dem Schreiben kunsthandwerklich tätig und stellt italienische Majolika-Töpfereien her.
Magdalen Nabb erhielt für ihre »Finchen«-Bücher den Guardian-Kinderliteraturpreis sowie den derzeit größten Kinderbuchpreis der Welt: den Smarties-Preis.
»Zauberpferd« wurde von der Kinderjury des Smarties-Preises 1993 ausgezeichnet und liegt bereits in zahlreichen Übersetzungen vor.

Der Illustrator

Julek Heller, 1944 in Jerusalem geboren, kam 1947 als Flüchtling mit seiner Familie nach England. Er studierte Malerei an verschiedenen Kunsthochschulen, unter anderem an der Royal Academy, und arbeitete in der Werbung, als Textildesigner und Lehrer. In der Mitte der siebziger Jahre wandte er sich der Buchillustration zu und wurde bekannt durch seine fantasievollen Illustrationen in Kinder- und Bilderbüchern.
Julek Heller lebt mit seiner Frau, vier Kindern und einem Hund in London.

Magdalen Nabb · Zauberpferd

Für Maestro Nino Di Fazio
in Bewunderung seines grenzenlosen Wissens
über Pferde

Magdalen Nabb

Zauberpferd

Deutsch von
Sybil Gräfin Schönfeldt
Mit Illustrationen von Julek Heller

Erika Klopp Verlag

In neuer Rechtschreibung

Titel der Originalausgabe »The Enchanted Horse«
HarperCollins Publishers Ltd, London, 1992

Aus dem Englischen von Sybil Gräfin Schönfeldt
Einbandillustration: Julek Heller
Satz: Filmsatz Schröter, München
Druck und Bindung: Ebner, Ulm
Printed in Germany
ISBN 3-7817-1381-4

⋆ 1. Kapitel ⋆

Es war Heiligabend. Am Nachmittag hatte es gefroren. Die Welt war so glasig, hart und glatt wie eine Perle, die Sonne so bleich und dünn wie eine Scheibe aus Eis in einem Himmel, der so weiß wie die verschneite Erde schimmerte.

Irina ging vor ihrer Mutter und ihrem Vater auf dem Wege her, der durch die Felder zur Stadt führte. Sie hatte eine Lammfelljacke an, steckte in Stiefeln und Fausthandschuhen und trug eine Lammfellkappe. Ihr langer blonder Zopf hing ihr auf den Rücken. Die Kälte biss ihr in die mageren Wangen und die Bäume zu beiden Seiten des Weges stießen mit ihren schwarzen Fingern durch den Nebelfrost, als ob sie die Vorübergehende umklammern wollten.

Noch ehe sie die ersten Häuser am Stadtrand erreichten, vernahm Irina den fernen Klang einer Kapelle, die Weihnachtslieder spielte. Sie schaute aber nicht auf. Sie drehte sich auch nicht zu den Eltern um und sagte: »Hört mal!« Sie ging nur schweigend weiter und starrte auf ihre dicken Stiefel, die auf den knirschenden Schnee traten. Irina mochte Weihnachten nicht.

Als sie die Stadt erreicht hatten, waren schon alle Schaufenster hell erleuchtet und strahlten im Nebeldunst. Auf dem verschneiten Marktplatz, wo die Musikanten um den Weihnachtsbaum herum spielten, hingen bunte Lichterketten. Aber Irina und ihre Eltern blieben nicht stehen, um sich die Weihnachtslieder anzuhören, denn sie hatten zu viel zu erledigen. Sie kamen von einem Bauernhof und zu Weihnachten brauchten alle Kunden mehr Sahne und Eier und Milch, und außerdem mussten sie rechtzeitig wieder daheim sein um die Tiere zu füttern. Deshalb trennten sie sich. Der Vater verhandelte mit dem Milchmann vom Eckladen, während Irina mit der Mutter weiterging, um ihr bei den Besorgungen zu helfen.

Sie gingen zum Bäcker, um Brot und Mehl zu kaufen, und mussten in einer langen Schlange stehen und warten.

Am Anfang der Schlange stellte sich ein Mädchen, das viel kleiner als Irina war, auf die Zehenspitzen und deutete auf die Kuchen und auf die kleinen Pasteten, die mit Puderzucker bestreut waren. »Und davon auch welche«, rief das kleine Mädchen. »Für Großmama. Und dann den großen Kuchen! Großpapa mag so gerne Kuchen! Den großen Kuchen!«

Irina beobachtete sie genau und merkte sich jedes Wort, aber als ihre Mutter an der Reihe war, bettelte sie um gar nichts. Sie war dünn, sie hatte auch nie viel Appetit und es gab keine Großeltern, die zum Weihnachtsessen kamen.

Danach gingen sie ins Gemüsegeschäft und warteten wieder in einer langen Schlange.

Ein kleiner pummeliger Junge, der sich seinen roten Schal ein paar Mal um den Hals gewickelt hatte, zankte sich mit seiner älteren Schwester. »Ich mag aber Datteln am liebsten!«, protestierte er.

»Ach, red doch nicht«, sagte seine Schwester. »Du bist bloß scharf auf die Schachtel mit dem Bild drauf. Aber wir kaufen nur Feigen und Nüsse und Mandarinen, und damit basta.«

Doch ihre Mutter zwinkerte der Gemüsefrau

zu und kaufte Feigen und Nüsse und Mandarinen und Datteln.

Irina beobachtete sie genau und merkte sich jedes Wort, aber als ihre Mutter an der Reihe war, bettelte sie um gar nichts. Sie hatte keine Geschwister, mit denen sie sich hätte zanken können.

Die Musikkapelle auf dem Marktplatz fing an, *Kommet ihr Hirten, ihr Männer und Fraun* zu spielen, und der pummelige kleine Junge mit dem roten Schal und seine Schwester fielen gerade in die Melodie ein, als Irina und ihre Mutter aus dem Laden kamen.

Es begann, dunkel zu werden, und vor den schneeigen Schatten funkelten die bunten Lichter noch heller. An der Straßenecke vor dem Gemüseladen verkaufte eine dicke Frau in Schürze und warmen Handschuhen Weihnachtsbäume.

Ein magerer Junge, etwas größer als Irina, suchte sich mit seinem Vater einen aus. »Den da! Nein, lieber den da, nein, doch diesen, ja, diesen hier, das ist der größte!«

Sein Vater lachte und sagte: »Und wie sollen wir den da nach Hause schaffen?« Aber er kaufte ihn, kaufte ihn trotzdem, und die dicke Frau umwickelte ihn mit einem festen Strick, sodass sie ihn besser tragen konnten.

Irina beobachtete sie genau und merkte sich jedes Wort, aber sie bettelte um gar nichts. Schon vor Jahren hatte ihre Mutter gesagt: »Du bist jetzt zu alt für das Theater mit dem Weihnachtsbaum. Das ist nur Geldverschwendung. Du kannst dir stattdessen was Vernünftiges wünschen.«

So marschierten sie an den Weihnachtsbäumen vorbei und gingen quer über den Platz zur anderen Seite. Dort gab es ein Spielzeuggeschäft und direkt daneben einen düsteren Trödelladen. Ein verstaubter Mistelstrauß hing im Schaufenster und nebenan war eine Boutique, in der wunderschöne Abendkleider mit üppigen Samtröcken ausgestellt waren.

Irina blieb neben ihrer Mutter stehen und starrte mit glänzenden Augen auf die Auslagen ohne ein Wort zu sagen. Was hätte es für einen Sinn, sich ein schönes Kleid zu wünschen, wenn sie so weit von der Stadt entfernt wohnte, dass sie nie zu einer Party ging? Und was hätten Spielsachen für einen Sinn, wenn es keine Kinder in der Nähe gab, mit denen sie hätte spielen können?

»Hast du dich schon entschieden, was du dir wünschst?«, fragte ihre Mutter. »Du weißt doch, wir müssen uns beeilen, wir haben noch viel zu erledigen.«

Irina versuchte ihre Gedanken zu sammeln. Es ist schön, wenn man sich etwas wünschen kann, aber noch schöner, wenn das Geschenk eine Überraschung ist. So starrte sie nur die großen Puppen in den Kartons an und dann die Kleider und dann das Lametta und die Silberglöckchen, die die Schaufenster schmückten. Sie suchte einen Wunsch, der auch ihrer Mutter gefallen würde. Dann fiel ihr der dicke kleine Junge wieder ein und sein roter Schal, und weil sie nicht wollte, dass ihre Mutter warten musste und ärgerlich wurde, sagte sie: »Ich wünsche mir das rote Samtkleid ...«

»Was hast du dir da bloß eingebildet! Wo willst du denn damit hin?«, fragte ihre Mutter ungeduldig.

»Ich weiß nicht ...«

Es ist schwierig einer Mutter zu gefallen, wenn man nicht genau weiß, was sie von einem erwartet. Da drehte sie sich um und sah ihren Vater kommen.

»Na?«, fragte er. »Fertig mit euren Einkäufen? Wird Zeit, dass wir umkehren.«

»Irina hat sich noch kein Geschenk ausgesucht«, erwiderte ihre Mutter ärgerlich. »Sieh nur, was sie für ein Gesicht zieht. Als obs eine Strafe wäre und kein Vergnügen.«

Irina hätte am liebsten gesagt: »Ich will gar

nichts. Ich mag nicht betteln. Ich will nur nach Hause.« Aber das wagte sie nicht.

Dann sagte der Vater: »Na komm, schauen wir noch einmal in den Spielzeugladen. Da muss es doch was für dich geben.«

»Sie ist verwöhnt, das ist es nämlich«, sagte ihre Mutter. »Sie hat gar keine Ahnung, was es heißt, sich etwas zu wünschen.«

Die Musikanten auf dem Marktplatz spielten jetzt ganz leise *Stille Nacht*. Die gefühlvolle Melodie, die zunehmende Dunkelheit und die Heiterkeit all der anderen Familien ließ Irina fast in Tränen ausbrechen.

»Ich will gar nichts«, murmelte sie heftig. »Ich will …« Doch kurz vor dem Spielzeuggeschäft blieb sie stehen.

»Komm weiter«, sagte ihr Vater. »Hier findest du bestimmt nichts.«

Aber Irina rührte sich nicht von der Stelle. Sie starrte durch das Schaufenster des Trödelladens und versuchte etwas in der Dunkelheit zu erkennen.

»Irina!«, sagte ihre Mutter. »Um Himmels willen, wir müssen nach Hause.«

Aber Irina, die sonst immer so still und gehorsam war, kümmerte sich diesmal um gar nichts. »Das Pferd …«, sagte sie. »Schaut euch doch das arme Pferd an!«

»Was für ein Pferd?«, fragte ihr Vater.

»Ich kann da kein Pferd erkennen«, sagte ihre Mutter und spähte mit dem Vater auf das düstere Gerümpel. Unter einem Durcheinander von zerbrochenen und verstaubten Möbelstücken konnten sie nur den Kopf und die verfilzte Mähne von etwas erkennen, das ein Schaukelpferd sein mochte.

»Jetzt seh ich's auch«, sagte ihr Vater. »Na gut, komm weiter. Wir müssen los. Das alte Zeugs wirst du dir wohl nicht zu Weihnachten wünschen.«

»Das will ich nicht hoffen«, sagte ihre Mutter. »So verdreckt, wie das aussieht.«

Irina aber blickte mit strahlenden Augen zu ihnen empor und die Tränen, die ihr bei dem schwermütigen Weihnachtslied und der wachsenden Dunkelheit und der Fröhlichkeit der anderen Familien in die Augen gestiegen waren, liefen jetzt über und kullerten ihr über die Wangen.

»Es ist verletzt«, sagte sie weinend. »Es ist einsam und verlassen und hat Angst und wird unter all den anderen Sachen zerdrückt!« Und ehe ihre Eltern etwas einwenden konnten, stürzte sie in den Trödelladen, sodass ihnen nichts anderes übrig blieb als ihr zu folgen.

★ 2. Kapitel ★

Drinnen blieb Irina stehen und überlegte, was sie als Nächstes tun sollte. Sie hatte noch nie so ein Durcheinander in einem Laden gesehen. Er wirkte eigentlich gar nicht wie ein Geschäft, sondern wie das rumpeligste Haus der Welt. Die aufeinander gestapelten Möbel reichten bis an die Decke und es war gar nicht so einfach, sich zwischen diesen Türmen hindurchzuwinden. Es gab darüber hinaus Zierrat und Nippes jeder Art, Messingeimer und Lampenständer und alte Öfen und Schreibmaschinen und Gegenstände, deren Zweck verborgen war. Alles war dick verstaubt, selbst die eine einzige nackte Birne, die den größten Teil des Raumes im Schatten ließ.

»Was kann ich für dich tun?«, fragte eine Stimme aus der Finsternis.

Irina schaute sich um, konnte aber niemanden erkennen. Sie hatte etwas Angst, blieb aber stehen, wo sie war, und wartete.

»Ist wer zu Hause?«, fragte die Stimme ihres Vaters hinter ihr.

Die erste Stimme kicherte. »Ich«, sagte sie. »Falls Sie dies hier ein Zuhause nennen wollen. Hinter der Kommode zu Ihrer Linken.«

Irina schaute sich um. Zuerst konnte sie nichts ausmachen, aber dann bemerkte sie einen großen geschnitzten Lehnsessel, so groß wie ein Thron, und, gerade noch erkennbar, den Kopf eines Mannes im Profil.

»Sehen Sie mich jetzt?« Doch der Kopf drehte sich bei diesen Worten nicht um und die Augen blieben geschlossen. »Es wird wahrscheinlich schon dunkel, aber ich bin blind und ich seh nicht ein, warum ich mein gutes Geld zum Fenster hinauswerfen soll, damit andere etwas sehen. Ich hab auch nicht viel, was des Betrachtens wert wäre, obwohl ich sozusagen davon lebe. Was möchten Sie denn gern?«

»Das Schaukelpferd«, sagte Irina so laut, wie sie es wagte, und sie trat näher zu dem großen geschnitzten Sessel.

Der Mann darin war nicht viel größer und ebenso schmal wie sie und seine geschlossenen Augen waren so tief in die Höhlen seines weißen Gesichtes gesunken, dass er gar keine zu haben schien. Er trug einen schwarzen Overall und seine bleichen Hände lagen mucksmäuschenstill auf seinen Knien.

»Irina ...«, mahnte ihre Mutter in ärgerlichem Flüsterton.

Irina aber rührte sich nicht und ballte nur die Fäuste voll Angst und Entschlossenheit.

»Sie hat das Pferd in der Auslage gesehen ...«, begann Irinas Vater, aber der Blinde kümmerte sich gar nicht um ihn.

»Wie heißt du?«, fragte er und wandte sein Antlitz zu Irina.

»Irina.«

»Irina«, flüsterte er, »komm näher zu mir.«

Irina fürchtete sich vor dem Blinden, aber sie wollte das Pferd retten. Sie trat dichter an ihn heran.

Der Blinde hob seine mauseleisen Hände und berührte ihr Gesicht, betastete nacheinander ihre Augen, ihre schmalen Wangen, ihren Mund und ihr Kinn. »Irina«, wiederholte er und streichelte sanft ihr Gesicht, »du bist ein sehr trauriges kleines Mädchen. Warum spielst du nicht und bist glücklich?«

»Weil ich keinen zum Spielen habe«, antwortete Irina.

»Und deshalb möchtest du Bella haben? Um mit ihr zu spielen?«

Zuerst antwortete Irina nicht, weil sie nicht wusste, wer Bella war, aber nachdem sie nachgedacht hatte, fragte sie: »Ist Bella der Name von dem Pferd in dem Schaufenster?«

»Richtig«, erwiderte der Blinde.

»Dann will ich sie nicht zum Spielen haben«, antwortete Irina tapfer. »Ich will sie versorgen, denn sie ist dreckig und einsam und ganz eingeklemmt unter diesen schweren Sachen in Ihrer Auslage.«

»Unter diesen Umständen«, sagte der Blinde, »solltest du sie mit nach Hause nehmen.«

Irina rührte sich immer noch nicht und wartete. Sie dachte darüber nach, ob ihre Mutter wohl sagen würde, das dürfe sie nicht.

Aber keiner sprach ein Wort, bis der Blinde sagte: »Möchtest du gerne wissen, warum ich sie Bella nenne?«

»Ja, gerne«, antwortete Irina. »Hat sie einem anderen Mädchen gehört, das sie so genannt hat?«

»Ich weiß nicht ganz genau«, begann der Blinde, »wem sie gehört hat, aber ich werde dir einfach ihre Geschichte erzählen. Kannst du dich an einen bösen Bauern erinnern, der hier in der Gegend gelebt hat und der als Schwarzer Hans bekannt war?«

»Nein«, erwiderte Irina, »das kann ich nicht.«

»Na gut«, fuhr der Blinde fort, »du bist noch ziemlich jung, und das ist alles vor deiner Zeit geschehen.«

»Ich kann mich aber auf ihn besinnen«, sagte Irinas Vater und trat etwas näher. »Er hielt sich Pferde.«

»Richtig«, antwortete der Blinde. »Und das schönste von allen wurde Bella genannt, weil Bella nämlich die Schöne heißt. Er war aber wirklich ein übler Bursche und behandelte seine Tiere schlecht, richtig schlecht. Die kriegten pro Tag kaum mehr als eine Hand voll Hafer, gerade genug um nicht zu verhungern, und Bella, die rassig und elegant wie ein Rennpferd war, musste ihn in einer schmutzigen alten Kalesche durch die Gegend ziehen. Man sagt, er hätte sie mit der Peitsche geschlagen, bis sie blutete. Keiner wusste, woher er sie hatte, aber einige behaupteten, er hätte sie aus einer Wildpferdherde herausgefangen, die manchmal an seinem Hof vorüberzog.«

»Und was ist mit ihr geschehen?«, fragte Irina.

»Ich weiß nicht«, erwiderte der Blinde. »Aber ich kann dir sagen, was mit dem Schwarzen Hans geschah. Er starb.«

»Daran kann ich mich erinnern«, sagte Irinas Vater. »Als sein Hof unter den Hammer kam, bin ich zu der Versteigerung gegangen. Damals hat mein Vater noch gelebt und er hielt sich ein Pony und einen Wagen. Er war es auch, der mich dazu gedrängt hat, hinzugehen, aber es gab nicht viel von Wert und die Pferde taugten nur noch für den Abdecker.«

»Selbst Bella?«, fragte Irina.

»Bella war nicht dabei«, sagte der Blinde. »Bella war überhaupt nicht da. Ich hab mich nach ihr erkundigt und mit dem Auktionator selbst gesprochen, aber auf seiner Liste fand sich kein Pferd von der Beschreibung. Armes Geschöpf. Armes schönes Geschöpf ...«

Der Blinde schwieg und versank so tief in seine Gedanken, als ob er die Anwesenheit der anderen vergessen hätte.

»War sie da schon tot?«, flüsterte Irina nach einer Weile.

»Ich hab den ganzen Krempel in der Auslage beim Schwarzen Hans gekauft«, antwortete der Blinde ohne ihr zu antworten. »Und da liegt er seitdem, samt dem Pferd.«

»Wozu hat der Schwarze Hans wohl ein

Schaukelpferd gebraucht?«, überlegte Irinas Vater. »Er hatte doch weder Weib noch Kind.«

»Aber das ist es ja gerade«, erwiderte der Blinde so leise, als ob er ein Selbstgespräch hielte. »Es ist gar kein Schaukelpferd.« Dann redete er wieder lauter und hob sein Gesicht in die Richtung der Stimme von Irinas Vater. »Nehmen Sie das Pferd für Ihre kleine Irina mit heim«, sagte er. »Wenn es sie glücklich macht, will ich nichts dafür haben. Aber vielleicht sollten Sie lieber an einem anderen Tag wiederkommen, wenn der Junge da ist, der mir hier hilft. Sie verstehen – ich kann den Kram nicht beiseite räumen, damit wir rankommen.«

»Das ist sehr freundlich von Ihnen«, erwiderte Irinas Vater. »Wir kommen ein andermal wieder.«

Er griff nach Irinas Schulter, aber sie, die niemals um etwas bat, rief laut: »Bitte! Können wir nicht bitte warten? Vielleicht kommt er ja gleich!« Und dann berührte sie den Blinden am Arm, ohne noch länger Angst vor ihm zu haben. »Bitte erlauben Sie uns zu warten! Sie können uns ja noch mehr Geschichten von Bella erzählen.«

»Also los, jetzt komm!«, sagte ihr Vater und drängte sie zur Tür. »Du weißt doch genau, dass wir nach Hause müssen.«

»Und bilde dir bloß nicht ein, dass wir zurückkommen«, sagte ihre Mutter warnend, während sie fortgingen. »Dies verschimmelte Ding muss ein Paradies für Holzwürmer sein. Das kommt mir nicht ins Haus.«

Draußen auf dem verschneiten Bürgersteig begann Irina zu weinen. Die Musikanten spielten immer noch unter dem Weihnachtsbaum und die Leute hatten ihre Einkäufe erledigt und machten sich mit Paketen beladen auf den Heimweg und riefen sich beim Licht der flackernden Lampen zu: »Fröhliche Weihnachten!« – »Auch euch fröhliche Weihnachten!«

Ehe ihre Eltern sie fortführen konnten, drehte Irina ihr tränenüberströmtes Gesicht zu einem letzten Blick auf Bellas armen Kopf um, der unter all dem Gerümpel eingeklemmt war, und da hörte sie vom Inneren des Ladens die Stimme des blinden alten Mannes rufen: »Halt!«

Das klang, als ob er einen Befehl gegeben hätte, dem man gehorchen musste. Irinas Eltern zögerten und schauten sich an.

»Kommen Sie noch einmal zurück, wenns Ihnen recht ist.«

Irinas Vater zuckte die Schultern. »Ich glaube, wir sollten uns lieber anhören, was der arme alte Kerl will.«

Sie kehrten in den düsteren Laden zurück und Irina lief geradewegs zum Sessel des Blinden. Er saß noch genauso da, wie sie ihn verlassen hatten. Seine Hände ruhten ruhig auf den Knien.

»Bei Schritten irr ich mich nie«, sagte er. »Wenn man nicht mehr sehen kann, dann lernt man, die Menschen mit anderen Mitteln zu unterscheiden.« Er hob den Kopf und rief: »Beeil dich! Wir haben Kundschaft, die wartet.«

Irina drehte sich um und sah einen großen vergnügten Jungen, der hinter ihren wartenden Eltern hervorkam.

»Ich bin nur gekommen, um dir frohe Weihnachten zu wünschen, Großvater.« Der Junge sprach mit lauter Stimme, als ob der Mann eher taub als blind wäre.

»Das ist schon recht«, sagte der Blinde. »Aber hier hab ich eine Arbeit für dich. Dies ist Irina, und sie möchte Bella mit nach Hause nehmen. Deshalb musst du sie unter dem Krempel in der Auslage herausholen.«

»Richtig, Großvater«, sagte der Junge.

»Ich glaube wirklich nicht ...«, begann Irinas Mutter, aber da war der Junge schon in die Auslage geklettert und räumte die zerbrochenen Möbelstücke beiseite. »Zwei Minuten. Dann hab ich sie frei!«

»Ist er Ihr Enkel?«, fragte Irina schüchtern.

»Nein«, antwortete der Blinde. »Aber er hat es gerne, mich Großvater zu nennen.«

»Ich hab gar keinen Großvater«, sagte Irina und starrte den Blinden an. Sie wünschte, er wäre ihr Großvater, weil er ihre Eltern dazu brachte, das zu tun, was er ihnen befahl.

»Hier haben wir sie«, verkündete der Junge und stellte Bella neben Irina auf den Boden.

Sie berührte scheu die schmutzige, verfilzte Mähne.

»Dein Vater wird sie für dich heimtragen«, sagte der Blinde. »Für dich ist sie zu schwer.«

Und wahrhaftig, Irinas Vater trat ohne ein Widerwort herbei und hob Bella auf.

»Sie hat ein ganz schönes Gewicht«, sagte er. »Aber ich werds schon schaffen.«

»Ich helf dir auch«, sagte Irina.

»Du hilfst deiner Mutter die Einkäufe tragen«, sagte der Vater.

Irina folgte ihm zur Tür. Sie wagte kaum zu atmen, weil sie es kaum glauben konnte, dass sie Bella wirklich mitnahmen. Aber kaum waren sie draußen, da fiel ihr etwas ein, und sie lief zurück. »Danke schön«, sagte sie zu dem Blinden. »Und danke schön, dass du Bella für mich rausgeräumt hast«, sagte sie zu dem vergnügten Jungen, der auf der Armlehne des riesigen Sessels saß und mit den langen Beinen baumelte.

»Leb wohl, Irina, und fröhliche Weihnachten«, sagte der alte Mann und hob seine kleinen weißen Hände zu ihr empor.

Sie trat dichter heran, denn sie begriff jetzt, dass er sie berühren wollte, weil er sie nicht sehen konnte. »Werde glücklich«, sagte er sanft und klopfte ihr auf die Wange.

»Ganz bestimmt werd ich glücklich«, versprach Irina. »Und ich pass auch auf Bella auf, und darf ich … darf ich mal wiederkommen und Sie besuchen?« Sie hätte ihn auch gern gefragt, ob sie ihn Großvater nennen könne wie der Junge, aber sie traute sich nicht.

»Komm, wann immer du willst«, sagte der blinde Mann. »Ich bin ja immer hier.«

»Frohe Weihnachten«, flüsterte sie mit strahlenden Augen und rannte hinaus.

⋆ 3. Kapitel ⋆

Auf dem ganzen langen Heimweg hielt Irinas Mutter eine gründliche Predigt über Motten und Holzwürmer und Schmutz, der ihr nicht in ihr sauberes Haus kommen sollte, aber Irina hörte kaum zu. Sie war so glücklich, und als sie endlich den Hof erreichten, war es beschlossen, dass Bella in die alte Scheune gestellt werden sollte, die ohnehin voller Gerümpel war. Dort konnte sie nichts verschmutzen und war keinem im Wege.

»Können wir etwas Stroh für sie streuen?«, fragte Irina, als Bella hereingeschafft wurde.

»Mach, was du willst«, sagte ihr Vater. »Ich rate dir nur, zieh dir zuerst deine alten Sachen an, sonst hast du deine Mutter am Halse.«

Damit stellte er Bella in einem Winkel der Scheune ab, direkt hinter der Tür.

»Lass sie mich zuerst einmal anschauen«, bat Irina. »Ich fass sie bestimmt nicht an, ich will sie nur ansehen.«

Sie betrachteten sie beide. Sie bot einen jämmerlichen Anblick. Man konnte gar nicht sagen, was für eine Farbe das Pferd haben mochte, weil es so dick mit Schmutz bedeckt war. Ihre Mähne und ihr Schweif schienen wirklich aus Rosshaar zu bestehen, waren aber verklebt, verstrubbelt und verfilzt. Es war genauso schwer zu sagen, woraus sie bestand, aber es stimmte, was der Blinde gesagt hatte: Sie war kein Schaukelpferd. Sie stand gerade und fest auf ihren vier Hufen und nichts wies darauf hin, dass sie jemals Kufen gehabt hätte. Den Kopf hielt sie etwas gesenkt und die Augen unter der Zottelmähne waren fast zusammengekniffen, so als ob sie weinte.

»Armes Geschöpf ...«, flüsterte Irina, indem sie die Worte des blinden Mannes wiederholte.

»Jetzt komm aber, wir müssen mit der Arbeit fertig werden«, sagte ihr Vater und klopfte sich den Staub von Händen und Jacke. »Zieh dich um und fang an die Eier zu sammeln. Wir sind spät dran mit dem Melken.«

Irina war daran gewöhnt, auf dem Hofe hart

zu arbeiten, und weil es keine Kinder zum Spielen in der Nähe gab, machte es ihr auch nichts aus. An diesem Abend arbeitete sie jedoch doppelt so schnell wie sonst, damit sie Zeit hätte, Bella vor dem Abendbrot zu besuchen.

Sie rannte mit den schweren Eierkörben so schnell über den Hof, dass sie nur deshalb kein Ei zerbrach, weil sie Glück hatte und auf den vereisten Pflastersteinen nicht ausrutschte. Und es war ein Wunder, dass sie den Hennen nicht aus Versehen das Kälberfutter hinschüttete.

Doch selbst bei dieser Eile blieb ihr, als sie alle Pflichten erledigt hatte, nur ein Augenblick Zeit, um Bella etwas frisches Stroh einzuschütten. Schon rief ihre Mutter nach ihr.

»Irina! Komm und deck den Tisch, das Abendbrot ist fertig!«

»Ich muss rein«, flüsterte Irina dem Pferd zu und streichelte den armen Zottelkopf. »Aber morgen komm ich und seh nach dir, eh wir in die Kirche gehen, und danach werd ich dich bürsten und kämmen und dir was erzählen, damit du nicht so einsam bist.«

»Irina!«

Sie knipste das Licht aus und lief ins Haus.

Weil für den kommenden Tag noch extra gekocht und gebacken wurde und sie dabei

helfen musste, wurde es spät, als Irina zum Schlafen hinaufging. Sie saß im Nachthemd auf dem Bett und packte die kleinen Geschenke ein, die sie in der Schule für ihre Mutter und ihren Vater gebastelt hatte. Sie war so glücklich, weil sie ihr erlaubt hatten, Bella mitzunehmen, dass sie ihnen gerne etwas Größeres und Besseres geschenkt hätte, aber daran konnte sie jetzt nichts mehr ändern. Vielleicht fiel ihr morgen eine Extraarbeit ein, mit der sie dem Vater helfen könnte. Und wenn sie behauptete, sie sei hungrig und mehr als sonst aß, täte sie ihrer Mutter einen Gefallen. Sie sah immer so besorgt aus, wenn Irina den Teller nicht leer aß.

Als die Päckchen zugebunden und fertig waren, legte Irina sie auf den Stuhl neben dem Bett. Aber sie war immer noch zu aufgeregt, um einschlafen zu können.

Sie trat zum Fenster und schaute hinaus. Einer der Apfelbäume, die im Hof wuchsen, berührte mit seinen kahlen Zweigen fast die Dachziegel. Es war zu finster, als dass sie die alte Scheune richtig hätte sehen können, aber Irina stand eine lange Zeit da, die Stirn ans Glas gelehnt, und dachte an Bella und lauschte auf die schwachen Geräusche in der kalten Nacht.

Und in der Dunkelheit der Scheune stand Bella auf dem sauberen Stroh, den Kopf etwas gesenkt und die Augen halb geschlossen, als ob auch sie lauschte.

★ 4. Kapitel ★

Am Weihnachtsmorgen wachte Irina als Erste auf. Die Dämmerung war noch nicht angebrochen und das Haus lag still und finster. Sie zog sich warm an und lief auf Zehenspitzen die Treppe hinunter und quer über den vereisten Hof zur alten Scheune.

»Bella!«, rief sie leise, während sie die große Tür aufschob und das Licht anknipste. »Bella! Es ist Weihnachten …«

Ihre Augen funkelten vor Freude, als sie sich dem Pferd näherte und die Hand ausstreckte, um seine steifen Ohren und die verfilzte Mähne zu berühren.

»Sei nicht traurig«, sagte sie sanft. »Du bist jetzt nicht mehr einsam und verlassen, denn ich komme jeden Tag zu dir und spreche mit dir und bürste dich und geb dir sauberes Stroh.«

Sie kniete neben Bella nieder und hob die Zottelmähne von ihren traurigen Augen.

»Ich such dir auch eine alte Decke heraus, wenn ich kann, denn die Nächte sind so kalt. Und im Frühling nehm ich dich mit hinaus auf die Wiese, wo das Gras und die Blumen wachsen und wo es einen Bach gibt, aus dem du trinken kannst. Ob dir das wohl gefällt? Magst du so etwas, Bella?«

Sie hätte Bella gerne die Arme um den Hals geschlungen und sie fest umarmt, um ihre Traurigkeit zu vertreiben, aber sie war noch zu scheu dazu. Sie versprach stattdessen: »Nach dem Weihnachtsessen werd ich den ganzen Tag bei dir bleiben können. Dann will ich dich waschen und kämmen, damit du richtig schön aussiehst.«

Sie erhob sich wieder und lief auf Zehenspitzen zur Tür. Ehe sie das Licht ausknipste, sagte sie: »Fröhliche Weihnachten, Bella.«

Draußen auf dem Hof war es noch dunkel. Irina bereitete das Hühnerfutter vor als Überraschung für ihren Vater. Dann wusch sie sich in der Milchkammer die Hände und zog sich die Stiefel aus, um ins Haus zu gehen und den

Tisch fürs Frühstück zu decken, als Überraschung für ihre Mutter.

Die Eltern waren wirklich überrascht, aber nicht wegen dieser zusätzlichen Arbeit. Der Vater klopfte ihr auf den Kopf und sagte: »Gut! Du siehst heute so frisch und fröhlich aus wie ein Rotkehlchen. Was ist denn mit dir los?«

Die Mutter verfolgte, wie rasch sie ihr Frühstück aß, machte ein verwirrtes Gesicht und fragte: »Du entwickelst ja plötzlich Appetit. Was ist denn mit dir los?«

Als sie zur Kirche gingen, war es heller Tag. In der Nacht war der Eisnebel verschwunden und die mächtige Wintersonne ließ die Eiszapfen wie Kristall funkeln und die verschneiten Felder im Weihnachtsreif glitzern. Auf dem Weg zur Stadt schaute sich Irina immer wieder vergnügt nach allen Seiten um, sah die blauen Schatten im Schnee, die letzten verschrumpelten welken Blätter und Stängel, die aus dem Eis des Teiches ragten, und die schwarzen Schatten der Vögel, die auf der Suche nach Beeren hin- und herschossen, und sie dachte bei sich: »Ich liebe Weihnachten!«

Drinnen in der Kirche war es düster nach dem blendenden Schnee, aber die Krippe vor dem Altar war vom Licht der schimmernden Kerzen erhellt. Nach der Messe betrachtete

Irina die reglosen Figuren, die im Heu knieten. Das Kind in der Krippe streckte ihr die steifen Arme entgegen und Irina wünschte, sie wäre allein, damit sie alles von Bella erzählen könnte, aber hinter ihr drängten sich die Menschen. Sie lächelte dem Esel auf dem Strohhaufen zu, warf dann ihre Münzen in die Sammelbüchse und zündete eine Kerze an. Sie hatte den warmen Wachsgeruch gerne.

Nach dem kalten Marsch nach Hause erwartete sie der warme Geruch des Weihnachtsessens.

»Was hab ich für einen Hunger!«, sagte Irina, und wieder schauten die Eltern sie verwundert an, sagten aber kein Wort.

Nach dem Essen bewunderten die Mutter und der Vater ihre kleinen Geschenke und machten es sich dann in ihren Lehnstühlen gemütlich, die Gesichter rosig vor Müdigkeit nach dem langen Vormittag.

Ehe ihnen die Augen ganz zufielen, fragte Irina: »Darf ich raus in die Scheune?«

»Mmmm …«, war alles, was die Mutter noch sagte, und ihr Vater grunzte verblüfft, als ob er erst darüber nachdenken müsste, wer gesprochen hatte.

So mummelte sich Irina wieder warm ein und lief hinaus.

Zuerst rannte sie zur Scheune um Bella zu streicheln. Dann fing sie an, Sachen zusammenzukramen und über den Hof zu schleppen. Sie holte zwei schwere Eimer mit warmem Wasser, ein Stück Kernseife, einen alten Schwamm aus der Putzecke unterm Waschbecken in der Milchkammer und zwei alte Handtücher, die im Kuhstall hinter der Tür hingen. Dann schlich sie sich wieder ins Haus zurück und huschte nach oben, um ihren Kamm zu holen. Sie brauchte auch eine Bürste, aber sie wagte nicht, ihre eigene Haarbürste zu verwenden, falls sie die nämlich verdarb und ihre Mutter es merkte. Solange sie den Kamm nicht zerbrach, konnte sie ihn danach wieder sauber bürsten, und keiner würde es merken. Schließlich war sie so weit.

Zuerst wusch sie Bellas Mähne und Schweif, wobei sie so sorgfältig wie möglich vorging, damit das Seifenwasser dem Pferd nicht in die Augen kam. Sie wusch und spülte und wusch und spülte, aber das Haar fühlte sich immer noch struppig und fettig an, und sie musste zwei weitere Eimer mit sauberem warmen Wasser holen und noch einmal von vorn beginnen.

»Jetzt ist es, glaub ich, wirklich sauber«, sagte sie. »Aber ich brauch noch mehr Wasser, für dein Fell und für deine Beine.«

Und abermals lief sie mit den Eimern davon. Als sie sich aber anschickte Bellas Fell zu waschen, wurde sie überrascht. Sie hatte gedacht, Bella bestünde aus angemaltem Holz wie ein Schaukelpferd, aber das war nicht der Fall.

»Dein Fell ist ja echt«, sagte sie. »So echt wie deine Mähne und dein Schweif ...«

Sie seifte das Pferd sorgsam am ganzen Leibe ein und spülte den Schmutzschaum mit dem Schwamm ab. Es war tatsächlich echtes Fell, und obgleich es noch feucht war, sah man die schöne, helle Färbung. Irina wusch dem Pferd die Beine und dann benutzte sie den letzten Eimer mit sauberem Wasser, um ihm sehr behutsam Gesicht und Ohren mit dem Schwamm zu putzen.

Schließlich rubbelte sie es ganz und gar mit den Handtüchern ab und begann mit ihrem Kamm zu arbeiten. Zuerst strählte sie den Schweif und dann die Mähne, indem sie die langen Haare festhielt und mit den Spitzen begann, genauso, wie sie es mit ihren eigenen Haaren machte, weil es auf diese Art und Weise nicht ziepte. Sie brauchte ziemlich lange dazu.

»So«, sagte sie schließlich, »jetzt bin ich fertig.«

Dann fiel ihr etwas ein. Und zwar ihr Großvater. An ihn selbst konnte sie sich allerdings nicht erinnern, weil er gestorben war, als sie noch ein Baby war. Aber ihr fiel ein, dass ihr Vater von einer leichten zweirädrigen Kutsche und einem Pony erzählt hatte.

Irina ging zum entfernten Ende der Scheune, wo ihr Vater das aufhob, was er als Sachen bezeichnete, »die man noch gebrauchen könnte«, während ihre Mutter sagte: »Gerümpel, das eigentlich weggeworfen gehört.«

Irina begann alles gründlich durchzustöbern. Sie wusste nicht genau, wonach sie suchte. Wenn aber ihr Großvater ein Pony gehalten hatte, dann konnte es hier etwas Verwendbares für Bella geben. Und sie hatte Recht. Sie musste lange wühlen und sie schrammte und stieß sich an ausgemusterten Teilen landwirtschaftlicher Geräte, über die sie klettern musste, sie erstickte fast an den Staubwolken, die aufstoben, als sie die Reste vermoderter Säcke beiseite zerrte. Aber im hintersten Winkel, unter etwas Schwerem eingeklemmt, das wie eine Pflugschar aussah, stieß sie auf eine Holzkiste mit einem aufgesprungenen Metallschloss. Sie war von dem anderen Gerümpel wie eingemauert, sodass Irina schon fürchtete, sie niemals rauszukriegen, aber dann schaffte sie es doch, die schwere Pflugschar vom Kistendeckel zu stemmen, und klappte ihn auf.

In der finsteren Ecke konnte man unmöglich genau erkennen, was die Kiste enthielt, so tastete Irina darin herum und zog den Inhalt heraus. Mit einem Teil nach dem anderen kletterte sie wieder ans Licht.

»Bella, sieh doch!«, rief sie aus, während sie ihre Schätze untersuchte. »Da ist alles Mögliche für dich, sogar eine Decke.«

So war es, und wenn die Decke auch alt und für Bella viel zu groß war, so konnte sie doch warm halten. Außerdem gab es Striegel und Kardätschen und Teile von Zaumzeug und Zügel, deren Leder ganz brüchig war. Irina hatte keine Ahnung, wozu auch nur ein Teil dieser Dinge diente, aber sie legte alle ordentlich in die Scheunenecke hinter Bella, nur die Decke nicht.

Die Decke breitete sie sorgsam über Bella, die immer noch ganz feucht war. Die Decke war so groß, dass sie sie einmal zusammenfalten musste, und selbst so bedeckte sie das Pferd vom Kopf bis zum Schweif.

»Es sieht ein bisschen komisch aus«, erklärte Irina, »aber wir müssen dich ja warm halten.«

Sie streichelte Bellas Nüstern, die als Einziges unter der schweren Decke hervorlugten, und sagte: »Und jetzt kannst du bis morgen schön und lange schlafen.«

Als sie aus der Scheune herauskam, ging die Wintersonne unter, rot und riesig, und der ganze Schnee leuchtete rosig. Irina dachte: Jetzt ist der Weihnachtstag fast vorbei. Aber sie war nicht traurig, sie war aufgeregt, als ob nicht etwas zu Ende ginge, sondern gerade begänne. Und das tat es wirklich.

★ 5. Kapitel ★

Irina!«, rief die Mutter aus der Milchkammer. »Willst du eigentlich noch helfen oder nicht! Irina!«

Im Hof glitzerte die Sonne auf dem Schnee, aber es ertönte weder eine Antwort, noch tauchte Irina auf.

»Irina!«, rief ihr Vater wie ein Echo. »Irina! Deine Mutter ruft dich.«

Aber immer noch kam keine Irina.

Die zerborstene Tür der großen Scheune stand sperrangelweit offen, die Morgensonne schien fast waagerecht hinein und die Strahlen glitzerten vom Widerschein des Schnees. Hinter der Tür stand Irina und hielt die alte Decke. Ihr Gesicht strahlte so hell wie die

Sonne, während sie staunend das Ergebnis ihrer Arbeit betrachtete. Als sie an diesem Morgen die Decke wegzog, hatte sie schon gehofft, dass Bella sauber und nett aussehen würde, aber in ihren kühnsten Träumen hatte sie nicht erhofft, was sie jetzt sah.

Bella war schön. Sie stand ruhig im vollen Sonnenlicht da und ihr Fell war glatt und fein und zeigte die Farbe von blassem Sand. Ihre Mähne und ihr Schweif waren so blond wie Irinas lange Haare und hatten goldene und silberne Glanzlichter von der Morgensonne. Sie sah auch nicht mehr trübselig aus, sie wirkte so geschmeidig und elegant, dass Irina wieder Schüchternheit spürte und sich fast fürchtete, so ein wunderschönes Geschöpf zu berühren. Sie trat schon näher, die Decke immer noch umklammert. Und dann sah sie, dass etwas nicht stimmte.

Bella war nicht vollkommen. Auf ihrem Rücken waren Spuren, rötliche Spuren wie Striemen. Da fiel die Zurückhaltung von Irina ab. Sie ließ die Decke fallen und trat noch dichter heran. Diese Striemen waren die Spuren einer Peitsche!

»O nein …«, flüsterte Irina. Ihr fiel die schreckliche Geschichte vom Schwarzen Hans wieder ein, der seine Pferde verdroschen hatte und hungern ließ. War er so grausam und roh gewesen, dass er sogar ein Tier gepeitscht hatte, das gar kein wirkliches Pferd war und nicht für ihn arbeiten konnte?

»Arme Bella.« Sie kniete neben dem Pferd nieder und schlang ihm die Arme um den Hals. Dabei fühlte sie die dicke Seidenmähne an ihrer Wange. »Das muss ja schrecklich wehgetan haben, als ich dich wie wild geschrubbt habe. Das konnte ich doch nicht ahnen. Unter

dem Dreck konnte ich ja gar nichts erkennen. Aber jetzt weiß ich auch nicht, was ich tun soll. Ich könnte dir Salbe holen, die Salbe, die wir immer für die Kühe nehmen, wenn sie sich auf der Weide verletzen, aber ich weiß nicht, ob wirkliche Salbe bei einem Pferd hilft, das nicht wirklich ist.«

»Irina! Jetzt ruf ich dich aber nicht noch mal!«

Irina krabbelte wieder auf die Füße.

»Ich muss jetzt laufen und meiner Mutter helfen, aber dann bring ich dir doch die Salbe und versuch es mal.«

Sie lief in die Milchkammer und stürzte sich voll Eifer in die Arbeit. Sie sagte aber kein Wort, sie musste die ganze Zeit an den Schwarzen Hans und seine Peitsche denken, als ob sie Angst hätte, er könne wieder lebendig werden.

»Ich weiß wirklich nicht, was mit dir los ist«, sagte ihre Mutter, nachdem sie ihr dreimal etwas gesagt hatte ohne eine Antwort zu bekommen. »Du siehst aus, als ob du träumst. Aber wenn man seine Pflichten erledigen muss, dann hat man keine Zeit zum Träumen.«

Irina hörte sie kaum. Den ganzen Tag lauerte sie nur auf die Gelegenheit, sich die Salbe aus dem Kuhstall zu holen, ohne dass es jemand sah. Schließlich, als es fast schon Zeit zum Abendessen war, schaffte sie es. Sie versteckte den großen Salbentopf unter ihrem Mantel und rannte zur Scheune.

Die Salbe war zäh und hatte einen merkwürdigen Geruch. Sehr sachte bestrich Irina jede der bösen roten Striemen auf Bellas Rücken. Schließlich legte sie auf die schlimmste Stelle ihr sauberes Taschentuch. Es war nicht groß genug, aber es würde die Wunde ein wenig vor der groben schweren Decke schützen. Sie strich das Stroh zu Bellas Füßen ordentlich zurecht und drückte ihr einen kleinen Kuss auf die Nüstern, die so sanft und weich wie Samt waren. Dann sagte sie gute Nacht.

Drei Tage lang strich Irina Salbe auf Bellas wunden Rücken, und jedes Mal musste sie den Salbentopf so aus dem Kuhstall herausschmuggeln und wieder zurücktragen, dass es keiner sah. Am vierten Tag waren die Striemen verschwunden.

Am fünften Tag brachte sie eine Schere mit und stutzte Bellas Stirnmähne, sodass sie ihr nicht mehr in die Augen fiel. Jeden Morgen und jeden Abend bürstete sie Bellas sandfarbenes Fell und striegelte ihre silberne Mähne und den Schweif, und am sechsten Tag, als Bella gar nicht mehr besser aussehen konnte, hatte Irina eine Idee.

»Ich werd dir etwas Heu von den Kühen bringen«, sagte sie. »Die haben sicher nichts dagegen.« Ihr Vater, das wusste sie genau, hätte freilich sicher etwas dagegen, wenn er es merkte. Etwas Stroh hatte sie sich nehmen dürfen, aber Heu war viel teurer. Trotzdem, sie würde ja nur ein kleines bisschen nehmen, und da Bella nur so tun konnte, als ob sie fräße, würde sie auch nicht mehr brauchen.

Als ihr also Irina an diesem Abend gute Nacht sagte, hatte Bella sauberes Stroh unter den Hufen, eine dicke Decke auf dem Rücken, die sie warm hielt, und einen kleinen Haufen süß duftendes Heu vor der Nase.

Irina ging um neun ins Bett. Zuerst konnte sie nicht einschlafen, obgleich sie kräftig gearbeitet hatte und müde war. Während des Abendessens war ein fürchterlicher Schneesturm aufgekommen. Der Wind heulte und jammerte in den Schornsteinen und warf die Zweige des Apfelbaums an ihr Schlafzimmerfenster, vor dem die Schneeflocken so dicht wirbelten, dass ihr ganz schwindlig wurde, als sie so dalag und sie beobachtete. Irina mochte Schnee, wenn er ganz sanft und leise fiel, aber der heulende Sturm machte ihr Angst und ließ sie wieder an den Schwarzen Hans denken, den herzlosen Bauern. Und oblgeich sie es un-

ter ihrer dicken Steppdecke warm und gemütlich hatte, zitterte sie beim Tosen des Schneesturms und hoffte, dass Bella unter ihrer Decke nicht fror. Und wie sie so an Bella dachte, schloss sie schließlich die Augen und schlief ein.

Sie schlief lange, tief und schwer, und sie wusste nicht, was sie geweckt hatte. In einem Augenblick lag sie noch im tiefen Schlaf und im nächsten saß sie senkrecht im Bett, war hellwach und starrte zum Fenster. Ihr kam es so vor, als sei sie durch ein jähes Geräusch wie das Knallen einer Tür wach geworden, aber jetzt war alles wieder still. Der Schneesturm hatte, nach Art aller Schneestürme, ebenso plötzlich aufgehört, wie er begonnen hatte, und jetzt schien der Vollmond ins Fenster. Hell und silbern stand er am Sternenhimmel.

Irina blickte gebannt zum Mond empor und ihr Herz schlug schnell und laut. Irgendetwas musste sie geweckt haben, aber jetzt war alles ruhig, viel zu ruhig. Die schwarzen Zweige des Apfelbaumes rührten sich nicht, und dennoch regte sich da draußen etwas, das spürte sie ganz genau. Ein schwaches, sausendes Schwirren – und dann ein dumpfes Getrappel.

Irina sprang aus dem Bett und stürzte zum Fenster. Sie drückte die Stirn an das kalte Glas und schaute hinaus. Ihr Herz klopfte so laut, dass es schmerzte. Unten auf dem Hof stand das große Scheunentor offen und ein wunderschönes Pferd, dessen Mähne wie Quecksilber im Mondlicht flog, trabte rasch und in großen Kreisen über den Schnee.

⋆ 6. Kapitel ⋆

»Bella!«, rief Irina leise.

Das wunderschöne Pferd hielt inne und schüttelte den Kopf. Dann wendete es auf der Hinterhand und trabte dorthin, wo es Irinas Stimme gehört hatte. Direkt unter dem Fenster blieb es stehen und schaute empor, am ganzen Leibe bebend. Dann beugte es den Kopf zu Boden und begann mit dem Huf zu scharren, auf die vereisten Steine zu schlagen und die Silbermähne zu schütteln.

»Ich komme!«, rief Irina und rannte aus ihrem Zimmer und die Treppe hinunter, flink und lautlos auf ihren nackten Füßen.

»Bella!«

Sowie die Stute Irina erblickte, begann sie

wieder im Kreise zu traben, wobei sie den Kopf nach allen Seiten drehte, als ob sie etwas suchte. Schließlich blieb sie neben dem Baumstumpf stehen, auf dem Irinas Vater immer Holz hackte. Dort stand sie ruhig und fest auf ihren vier Beinen und drehte den Kopf ermunternd nach Irina um.

Irina verstand sie sofort. Ohne auch nur einen Gedanken an ihre nackten Füße und das dünne Nachthemd zu verschwenden, ohne sich darüber zu wundern, warum sie gar keine Angst hatte, lief sie zum Baumstumpf, kletterte hinauf und saß im nächsten Augenblick auf Bellas Rücken und hielt sich an der wehenden silbernen Mähne fest.

Mit einem leisen, freudigen Wiehern drehte sich Bella um und lief im leichten Trab zum Hoftor. Sie versammelte sich und setzte zum Sprung an, ohne dass Irina ihn spürte. Es kam ihr vor, als ob sie flöge. Sie umklammerte mit den kalten nackten Beinen Bellas glatten weichen Bauch, vergrub ihre Finger in der dicken Mähne und dann waren sie wie der Wind davon, auf den endlosen verschneiten Feldern.

Nach dem Sturm lag der Schnee so hoch, dass Bellas Hufschlag fast lautlos war, und der Mond war so groß und hell, dass sie meilenweit sehen konnten. Weiter ritten sie, immer

weiter, flogen über Hecken, Zäune und Tümpel, brachen durch Waldungen, wo Irina die Wange fest an Bellas Mähne pressen musste, um den schneebeladenen Zweigen auszuweichen. Und dann waren sie wieder im Freien, flogen über die weißen, mondbeschienenen Felder. Irina fragte sich nicht, wohin Bella sie trug. Es fiel ihr gar nicht ein Angst zu haben. Es fiel ihr nicht ein zu frieren. Sie dachte an gar nichts. Sie spürte die Wärme des galoppierenden Tieres, spürte die dicke Mähne zwischen ihren Fingern, die wachsende Geschwindigkeit, die ihr die langen Haare hob und wie den Pferdeschweif hinter ihr herflattern ließ. Aber vor allem fühlte sie sich glücklich.

Schließlich begann Bella in einem großen Kreis zu wenden. Sie sprang über einen niederen Zaun und galoppierte nach Hause und viel zu bald waren sie überm Tor und wieder auf dem Hof.

Bella hielt an und dann schritt sie ruhig zu dem Baumstumpf, um Irina von ihrem Rücken herabgleiten zu lassen. Sie keuchte und ihr Atem stand als Wolke in der Nacht.

Irina sprang vom Baumstumpf und streichelte Bella den Hals.

Bella senkte den Kopf und drehte ihn zu Irina, um ihr mit der warmen samtigen Nase ins Haar zu schnauben, und dann ging sie in die Scheune und stellte sich still in ihren Winkel aufs Stroh.

Irina lief hinter ihr her. »Ich muss dir doch deine Decke überwerfen. Du bist ganz verschwitzt vom Galoppieren und jetzt stehst du im Kalten.« Sie hob die schwere Decke auf, aber wie sie es auch anstellen mochte, sie konnte sie nicht auf Bellas Rücken heben. Sie reichte ihr gerade bis zur Schulter.

Bella drehte sich um und schaute sie mit ihren großen sanften Augen abwartend und geduldig an.

Irina wusste nicht, was sie machen sollte. Sie versuchte es noch einmal, aber die Decke war zu schwer und Bella zu hoch, sodass es unmöglich war.

»Ich kann nicht an dich ran«, sagte sie zu Bella. »Vorher warst du klein, aber jetzt reich ich nicht mehr rauf.«

Bella musste sie verstanden haben. Sie begann sich in ihrem Winkel um sich selbst zu drehen, wobei sie das Stroh zu ihren Füßen zurechttrat und -zerrte. Als es eine glatte und ebene Fläche bildete, ließ sie sich vorsichtig auf die Knie nieder und knickte dann die Hinterhand ein.

Irina wickelte sie in die Decke ein und schon

richtete sich Bella wieder auf, streckte die Vorderhand, wuchtete sich hoch und schüttelte sich.

Irina lief noch einmal los, um einen Eimer Wasser und etwas Heu zu holen – »falls du hungrig und durstig wirst« – und stellte beides vor Bella.

»Gute Nacht.« Sie hob die Hand um Bellas Wange zu streicheln, aber die Stute senkte nicht schnobernd den Kopf, wie Irina es gern gehabt hätte. Sie stand sehr still und aufrecht da, blickte gesammelt geradeaus und hob nur leicht den vorderen linken Huf.

»Was ist denn, Bella? Ich versteh dich nicht. Hast du dich verletzt?«

Bella blieb mit dem erhobenen Huf eine ganze Weile reglos stehen. Als sie merkte, dass Irina nichts unternahm, setzte sie ihn nieder und hob den rechten, wobei sie weiter abwartend nach vorne schaute. So hob sie einen Huf nach dem anderen. Zum Schluss hatte sie wohl begriffen, dass Irina nicht wusste, was sie tun sollte, deshalb beugte sie sich zu ihr herab und drückte ihren Kopf an sie, als ob sie gute Nacht sagte.

Irina lief ins Haus und die Treppe hinauf. Als sie am Schlafzimmer ihrer Eltern vorbeischlich, hörte sie ihren Vater schnarchen.

Sie huschte in ihr eigenes Zimmer, sprang ins Bett und mummelte sich in ihre Steppdecke. Sie war so glücklich, dass sie sofort einschlief und davon träumte, wie sie mit Bella über die verschneiten Felder ritt.

»Irina! Irina!«

Irina öffnete die Augen und richtete sich auf. Es war früh am Morgen und ihre Mutter rief nach ihr.

»Irina! Seit einer halben Stunde ruf ich dich!«

Aber Irina rührte sich noch nicht. Sie versuchte sich an etwas zu erinnern. Es war etwas geschehen. Sie fühlte sich heute ganz anders. Dann fiel ihr der Traum wieder ein, in dem sie durch den Schnee geritten war. Konnte ein Traum sie so glücklich machen, alles so verändern? Sie stand auf und zog sich flink an. Der Traum ging ihr noch im Kopf herum und machte sie verwirrt. Sie lief hinunter und durch die Küche zur Hintertür.

»Irina«, sagte ihre Mutter, »wo willst du denn hin? Du bist ohnehin schon zu spät, um mir bei den Hühnern zu helfen, und jetzt ist das Frühstück fertig.«

»Ich will nur einen Augenblick raus, bitte!«

»Setz dich hin!«, befahl ihre Mutter. »Dein Vater ist schon vom Melken zurück.«

Ihr Vater trat in die Küche und Irina setzte sich an den Tisch. Beim Frühstück gabs im Allgemeinen keine Unterhaltung. Eine Menge Arbeit war schon erledigt worden und viele weitere Aufgaben warteten, sodass sie nur eilig aßen und tranken.

An diesem Morgen hatte Irinas Vater ihnen jedoch etwas zu erzählen. »War ein ganz schöner Schneesturm, den wir vorige Nacht hatten«, begann er. »Mannshohe Verwehungen an manchen Stellen.« Er kaute einen Augenblick schweigend, dann nahm er einen Schluck Kaffee und runzelte die Stirn. »Schon merkwürdig, lauter frische Spuren im Schnee, überall auf dem Hof.«

Irinas Mutter stellte den Teller wieder auf den Tisch, den sie schon abräumen wollte. »Sag mir bloß nicht, dass ein Fuchs …«

»Nein, nein, brauchst dich wegen deiner Hühner nicht aufzuregen. Kein einziges fehlt und außerdem sind es gar keine Fuchsspuren.«

»Was dann?«

Während sich ihre Eltern unterhielten, starrte Irina schweigend auf ihren Teller. Ihr Herz schlug immer schneller und ihr Gesicht wurde immer röter.

»Ich glaub, ein Pferd.«

Dann war es kein Traum. Es war wirklich keiner.

»Bist du sicher?«, fragte ihre Mutter. »Ich kann mir nicht vorstellen, wie ein Pferd reinkommen sollte, wo das Tor mit fünf Stangen versperrt ist.«

»Drübergesprungen«, sagte ihr Vater und stand auf, den vollen dampfenden Becher noch in der Hand. »Es gibt eine wilde Herde, die kommt zweimal im Jahr hier vorbei, aber für die ist es zu früh. Die Flüsse sind noch zugefroren. Waren auch andere Spuren da, aber aus denen bin ich nicht schlau geworden.«

»Das war Bella!«, sagte Irina und brach damit plötzlich ihr Schweigen.

»Und wer soll Bella sein?«, fragte ihr Vater, stellte den Becher auf die Kommode neben der Tür und setzte sich hin, um sich die Stiefel anzuziehen.

»Mein Pferd. Sie ... Ich hab letzte Nacht ...« Ihre Stimme erstarb und sie schaute wieder auf ihren Teller und wünschte, sie hätte nichts gesagt.

»Irina, räum den Tisch ab«, befahl die Mutter.

»Aber es war wirklich Bella«, sagte Irina ruhig und beharrlich.

»Jetzt hör mir mal zu, junge Dame«, sagte

ihre Mutter scharf. »Wenn man sich in deinem Alter noch Geschichten ausdenkt, so nennt man das Lügen. Du bist nicht mehr zwei Jahre alt. Räum den Tisch ab! Und ich hab jetzt genug davon, dass du dich den halben Tag in dieser Scheune da herumtreibst, wo hier die Arbeit wartet. Wenn das so weitergeht, dann schmeiß ich das alte wurmzerfressene Ding auf den Müll.«

»Nun, nun«, unterbrach sie der Vater begütigend, »lass sie in Ruhe. Da hat sie mal was zum Spielen. Wird es schon wieder vergessen, wenn die Schule anfängt.« Mit diesen Worten ging er hinaus.

Irina half den Tisch abzuräumen und spülte wortlos das Geschirr. Währenddessen dachte sie unablässig: Es ist keine Lüge. Wenn sie in die Scheune gingen, dann könnten sie es sehen! Sie werden es schon sehen …

Zuerst musste sie aber selber nachschauen. Sie musste der Mutter aus den misstrauischen Augen kommen. Das dauerte seine Zeit, aber schließlich entwischte sie in den Hof, lief zur alten Scheune und stieß das Tor auf. »Bella …«

Da stand sie in ihrem Winkel, klein und still. Fast begraben unter der Decke, die viel zu groß für sie war.

In Irinas Herzen kämpfte Verwirrung mit

Enttäuschung. Sie kniete neben dem kleinen Pferd nieder und schob die große Decke zurück, um seine Mähne zu streicheln. Da sah sie, dass das Heu verschwunden und der Wassereimer leer war.

⋆ 7. Kapitel ⋆

Bella war wirklich. Was auch tagsüber mit ihr geschah, in der Nacht war sie lebendig. Träume fressen kein Heu und trinken kein Wasser. Träume hinterlassen keine Hufspuren im Schnee.

Jeden Abend ging Irina so früh wie möglich ins Bett und schlief glücklich und fest, bis Bella kam und sie weckte. Sie wusste: Wenn der Mond hoch am Himmel stand, würde sie das Klappern der Hufe unten im Hof auf den vereisten Pflastersteinen hören. Dann sprang sie zum Fenster und sah Bella unten in der weißen Mondscheinwelt auf sie warten.

Sie ritten weit und schnell, frei wie die Vögel, und Irina sprach dabei kein einziges Wort. Sie klammerte sich mit Fingern und Zehen an Bella fest, ihre Augen funkelten und ihre Haare flatterten hinter ihr her, während sie wie der Wind über die verschneiten Felder stürmten.

Sie versuchte nie wieder, ihren Eltern die Wahrheit zu sagen. Sie wusste, dass sie dann nur ärgerlich würden. Und trotzdem musste sie es jemandem erzählen. Nicht, um sich auszusprechen, denn Irina war ein Einzelkind und daran gewöhnt, ihre Geheimnisse für sich zu behalten, sondern weil sie über etwas beunruhigt war. Jede Nacht, wenn Bella nach ihrem Ritt in die Scheune zurückgetrabt war, hielt sie einen Huf nach dem anderen abwartend in die Höhe. Irina musste jemanden fragen, was das bedeutete.

Dann fiel ihr der Blinde wieder ein. Er wusste alles über Bella und er hatte gesagt, dass Irina wiederkommen und ihn besuchen könne, wann immer sie wolle.

Als die Schule wieder anfing, ergab sich die Gelegenheit. Einmal in der Woche traf sich Irina nach der Schule mit ihrer Mutter und sie machten zusammen Besorgungen. Irina wartete, bis sie beim Gemüsemann in einer langen Schlange standen. Von ihm war es nur ein Schritt zum Trödelladen des Blinden.

»Darf ich rausgehen und Schaufenster anschauen?«, fragte Irina.

»Wenns dir Spaß macht ... Aber bleib auf dieser Seite vom Platz, wo ich dich finden kann.«

»Mach ich!«

Irina rannte so schnell sie konnte davon, zögerte dann aber vor dem düsteren Eingang zum Trödler. Ob der Blinde ihre Schritte wieder erkannte und sie so begrüßte wie den Jungen am Heiligen Abend?

Von drinnen kam kein Geräusch.

»Darf ich reinkommen?«, fragte Irina schüchtern und machte einen Schritt vorwärts.

»Natürlich darfst du das«, erklang die Stimme des Blinden.

Irina stampfte den Schnee von den Stiefeln und trat zu dem großen geschnitzten Lehnstuhl. Der Blinde saß dort genauso wie damals, als ob er sich überhaupt nicht bewegt hätte, seitdem ihn Irina zum ersten Mal gesehen hatte.

»Wie gehts der kleinen Irina?«, fragte er.

»Dann haben Sie meine Schritte erkannt?«

»Nein«, antwortete der Blinde. »Dafür hast du mich nicht oft genug besucht. Aber eine Stimme vergesse ich nie. Bist du nun glücklich mit Bella?«

»Ja, das bin ich«, antwortete Irina und dann zögerte sie. Würde er ihr glauben, wenn sie die Wahrheit berichtete?

Nach einem Augenblick Schweigen fragte der Blinde: »Wenn du schon hier bist, kannst du mir auch alles sagen.« Gerade als ob er, der Blinde, ihre Gedanken lesen könnte.

So erzählte ihm Irina die Wahrheit über ihre nächtlichen Ritte.

»Deshalb muss Bella ein wirkliches Pferd sein«, sagte sie schließlich. »Und sie gehört mir, mir allein, und darum bin ich so glücklich. Nur – was soll ich wegen ihrer Füße machen? Ich kann ja außer Ihnen keinen fragen.«

»Gib mir deine Hand«, sagte der Blinde und hob seine blassen mauseleisen Hände zu ihr empor.

Irina reichte ihm die Hand.

»Es ist nicht wahr, was du erzählt hast«, sagte er ernst.

»Aber sie ist lebendig, ganz bestimmt!«, widersprach Irina und Tränen der Enttäuschung stiegen ihr in die Augen. »Ich habe geglaubt, Sie würden es verstehen. Ich habe gedacht, Sie wüssten über Bella Bescheid.«

»Bella ist ein Geschöpf Gottes«, sagte der Blinde unverändert ernst.

»Sie glauben mir nicht!«

»Viele Menschen glauben, was du glaubst«, sagte der Blinde. »Und alle sind unglücklich, so wie du unglücklich werden wirst, wenn du darauf bestehst, an etwas Falsches zu glauben.« Er berührte ihre Wange. »Du weinst jetzt, aber du wirst schon bald bittere Tränen vergießen, wenn du nicht auf das hörst, was ich dir sage. Sprich nie etwas Falsches. Behaupte niemals, dass irgendein Geschöpf auf Erden dir gehöre. So, und jetzt geh hinter meinen Sessel zu der großen Truhe und nimm das Paket, das dort liegt. Es ist für dich. Du siehst, ich habe dich erwartet.«

Irina ging zu der großen Truhe und nahm das Paket, das auf dem verstaubten Deckel lag.

»Danke schön« sagte sie, aber sie weinte immer noch vor Enttäuschung, dass er ihr nicht glaubte. Sie versuchte sich die Augen mit der Oberseite ihrer Fausthandschuhe trockenzureiben und machte einen letzten Versuch.

»Könnte Bella nicht verzaubert worden sein, um sie vor dem Schwarzen Hans zu retten? Damit er sie nicht mehr verletzen kann? Könnte nicht so etwas geschehen sein?«

»In diesem Paket ist ein Buch«, sagte der Blinde ohne ihr zu antworten. »Lies es genau, und wenn du glücklich bleiben willst, so denk an meine Worte. Betrüg dich nicht selbst, bring dich nicht dazu, an etwas zu glauben, das nicht wahr ist.«

Irina stürzte aus dem Trödelladen und schwor sich, nie, nie in ihrem ganzen Leben dorthin zurückzukehren. Die Erwachsenen waren alle gleich, und es hatte keinen Sinn, ihnen etwas zu erzählen. Es war viel gescheiter, nur mit Bella zu sprechen. Auch wenn sie nicht antworten konnte, so verstand sie doch alles.

Sobald sie wieder zu Hause waren, unterhielt sich Irina so lange mit Bella, wie sie vor dem Abendessen konnte.

»Es ist mir jetzt gleichgültig, ob mir jemand glaubt oder nicht«, bekannte sie Bella und streichelte ihre Mähne. »Von nun an erzähl ich nur dir meine Geheimnisse.«

Sie hatte das Paket völlig vergessen. Erst als sie zum Schlafen hinaufging, sah sie es auf dem Stuhl liegen, wo sie es beim Heimkommen hingeworfen hatte. Und obgleich sie den alten blinden Mann nicht mehr ausstehen konnte, war sie doch neugierig, was darin war.

Sie machte es sich im Bett gemütlich und knüpfte den Bindfaden auf. Es war ein Buch, wie es der Blinde gesagt hatte, und nicht mal ein besonders schönes Buch. Es war alt und der feste rote Deckel war zu einem gräulichen

Rosa verblichen. Der Rücken war abgeplatzt und einige der Blätter waren lose. Eins davon rutschte heraus und glitt vom Bett auf den Fußboden, aber Irina hatte schon das Bild darauf bemerkt. Ein Bild von einem Pferd. Sie griff nach unten und hob es auf. Das Pferd auf dem Bild stand mit einem erhobenen Huf, und ein Mann beugte sich darüber und hatte etwas in der Hand, das wie ein Pinsel aussah. Sofort schlug Irina das Buch beim Titel auf und las: »Futter, Pflege und Ausbildung von Pferden«.

Dann hatte ihr der Blinde doch geglaubt, gleichgültig, was er ihr gesagt hatte. Wenn er ihr ein Buch gab, das ihr half Bella zu versorgen, so musste er ihr geglaubt haben.

Irina vergeudete keine Zeit mit Grübeleien, warum er sich so sonderbar benommen hatte. Sie fing sofort an, das Buch so schnell wie möglich zu verschlingen. Es war für erwachsene Leser geschrieben, nicht für ein Kind wie Irina, und es enthielt viele Wörter, die sie nicht verstand. Es gab aber viele Bilder, die ihr weiterhalfen, und sie erkannte zahlreiche Gegenstände wieder, die sie in der Kiste ihres Großvaters entdeckt hatte.

Später in der Nacht, als sie so weit über den Schnee geritten waren, wie es ihnen gefiel, und als sie wieder in der Scheune waren, wusste

Irina genau, was sie zu tun hatte, als Bella mit geduldig hochgehobenem Huf vor ihr stand. Sie glaubte es wenigstens zu wissen. Sie hatte sich mit den richtigen Gerätschaften aus den Sachen ihres Großvaters vorbereitet und sie wusste, dass sie die Steine und den Schmutz herauskratzen musste, die sich Bella eingetreten hatte. Dann musste sie die Hufe sauber reiben und mit einer Bürste am oberen Rande einfetten.

Aus Büchern kann man praktische Dinge nur sehr schwer lernen, aber Irina hatte Glück und die Lehrerin neben sich: Bella. Wenn die Stute auch nicht sprechen konnte, so wusste sie doch genau, was erledigt werden sollte und wie man es am besten machte. Sie reichte Irina ihren linken Vorderfuß, wandte sich zu ihr, um sie bei der Arbeit zu beobachten, und stieß sie alle naselang in den Rücken um sie zu ermuntern.

Für den ersten Versuch brauchte Irina ziemlich lange, aber schließlich richtete sie sich auf und verkündete: »So, der wär erledigt.«

Sie ging um Bella herum zu ihrer rechten Seite und wartete darauf, dass sie ihr den rechten Huf hinhielt, aber nichts passierte.

»Du musst mir jetzt deinen rechten Fuß geben, Bella.«

Bella stand stocksteif da. Was konnte nur falsch sein? Jede Nacht hatte ihr Bella einen Fuß nach dem anderen gezeigt, zuerst die vorderen, dann die hinteren.

»Bella?« Irina schaute zu ihr empor und klopfte ihr auf den Hals. »Was ist denn?«

Aber Bella stand nur da, groß und hell und elegant, blickte ruhig geradeaus und blinzelte mit ihren großen sanften Augen.

Schließlich fiel Irina ein, dass die Bilder in dem Buch einen Mann zeigten, der immer an der linken Seite des Pferdes arbeitete. Sie ging also dahin zurück, wo sie anfangs gestanden hatte, und schon hob Bella den rechten Fuß und streckte ihr hinter dem linken Bein entlang den Huf entgegen.

Irina machte sich wieder an die Arbeit und Bella drehte sich um und schnaubte ihr in den Hals, womit sie ihr sagte, dass sie alles richtig machte.

Als alle vier Hufe sauber und blank waren, ließ sich Bella nieder, um die Decke aufgelegt zu bekommen. Irina brachte ihr Heu und Wasser und sagte gute Nacht.

Kurz vor dem Einschlafen in ihrem warmen Bett dachte Irina: »Eines Tages, wenn sich Bella wieder ganz gut und kräftig fühlt, wird sie vielleicht für immer ein richtiges Pferd bleiben.«

Und damit hatte sie Recht.

⋆ 8. Kapitel ⋆

Es hatte einmal eine Zeit gegeben, die Zeit vor Bella, da war Irina immer ganz trübselig nach der Schule heimgegangen. Sie wusste, dass alle anderen Kinder in der Stadt sich gegenseitig besuchen oder vielleicht auf dem großen Teich in der Nähe Schlittschuh laufen würden. Irina durfte nie dort bleiben und spielen. Die Winter waren so lang und die Dunkelheit kam so rasch, dass ihre Mutter ihr immer befahl, so rasch wie möglich nach Hause zu laufen. Und so hatte sie sich immer einsam und allein auf den Weg gemacht und manches Mal sehnsüchtig zurückgeschaut, wenn sie die anderen hörte, wie sie miteinander schrien und lachten.

Aber jetzt war alles anders. Irina war immer die Erste am Schultor und ihr langer Zopf tanzte und hüpfte, während sie den langen Weg entlanglief, der sie nach Hause und zu Bella führte. Sie kam nun immer mit roten Backen und atemlos an und rannte sofort in die große Scheune und rief: »Bella! Ich bin zu Hause!«

Dann pflegte sie Bellas Fell zu striegeln und ihre Mähne zu kämmen und schwatzte mit ihr über alles, was an diesem Tag in der Schule passiert war, weil sie sicher war, dass das kleine Pferd sie verstand und auf jedes einzelne Wort lauschte.

Später in der Nacht, wenn Bella das lebendige, große, wunderschöne Pferd war, ritten sie aus.

Eines Nachts, als das Eis auf den Dächern knisterte und krachte und das Schmelzwasser unter der Schneedecke murmelte, galoppierte Bella sehr viel weiter als sonst. Statt einen großen Bogen zu schlagen und sich nach Hause zu wenden, lief sie immer weiter und immer schneller über die ebenen verschneiten Felder, die bis zum Horizont reichten. Dann blieb sie plötzlich reglos stehen, reckte den Kopf und war am ganzen Leibe so gespannt, dass sie zitterte.

»Was ist denn?«, fragte Irina. »Bella, was ist los?«

Bella blieb gespannt und stellte die Ohren auf. Hatte sie etwas gehört? Oder etwas gerochen? Irina umschlang Bellas bebenden Körper und schaute sich um, schaute meilenweit über die verschneiten Felder zu dem sternenübersäten Samthimmel empor, zum silbernen Mond. Sie konnte nichts Gefährliches wahrnehmen. Dann überlegte sie sich, ob sie wohl in der Nähe des alten Hofes vom Schwarzen Hans wären. Sie hatte keine Ahnung, wo er lag, aber sie waren so weit geritten, dass sie gar nichts mehr erkannte.

»Bella«, flüsterte sie zitternd und klammerte sich fester an die lange Mähne, »lass uns heimgehen. Ich hab Angst.«

Aber Bella hörte nicht und wandte nicht den Kopf, um ihn an Irinas Zehen zu schmiegen. Sie rührte und regte sich nicht, und Irina konnte das große Herz des Pferdes so schnell und laut schlagen hören, als ob es zerspränge. Sie blickte weiter unverwandt geradeaus, die Augen fest auf den Horizont geheftet. Sie wieherte, fast unterdrückt, und dann entspannte sie sich. Was sie auch gehört oder gewittert hatte, es war vorbei. Sie wandte den Kopf und beschnaubte Irinas eiskalte Zehen mit ihren warmen Nüstern, fiel in Galopp und lief nach Hause.

In der folgenden Nacht geschah das Gleiche, es war nur noch beängstigender. Als Irina merkte, dass Bella zum Horizont galoppierte statt nach Hause, rief sie über das Sausen des Windes hinweg, der bei ihrer rasenden Jagd entstand: »Lauf nicht so weit weg, Bella! Bitte nicht!«

Bella aber galoppierte weiter bis zu der Stelle, wo sie in der vergangenen Nacht angehalten hatten. Wieder stand sie wie gebannt und zitternd da, die großen Augen auf die Ferne geheftet und das große Herz in immer schnellerem Schlag. Schnaubend und scharf stieß sie den Atem aus.

»Bella! Ich habe Angst! Bella!«

Doch Bella schien vergessen zu haben, dass sie überhaupt jemanden auf dem Rücken trug. Sie drehte sich plötzlich um, dann wieder zurück. Sie jagte nach links, warf sich auf der Hinterhand herum und galoppierte nach rechts, machte dann wieder eine Wendung und hielt die Augen dabei stets auf den Horizont geheftet.

Irina klammerte sich so gut an ihr fest, wie es ging, aber bei jeder heftigen Wendung rutschte sie seitlich ab, und nur Bellas lange

Mähne bewahrte sie vor dem Sturz. Sie wäre sicherlich früher oder später gefallen, doch plötzlich entspannte sich Bella wie in der vorigen Nacht, atmete wieder normal und wandte sich ab, um heimzugaloppieren.

In der dritten Nacht hatte Irina fast Angst, mit ihr aufzubrechen. Aber als sie aus ihrem Fenster blickte und Bella geduldig neben dem Hackklotz warten sah, ruhig und gesammelt, als ob nichts geschehen wäre, da raffte sie ihren Mut zusammen, lief hinunter und saß auf.

Als sie das Feld erreichten, auf dem sie gewöhnlich umdrehten, sagte Irina: »Lass uns zurückkehren, Bella! Bitte, lauf nach Hause!«

Bella aber galoppierte nur noch schneller, bis sie dieselbe Stelle erreicht hatte und anhielt. Sie zitterte so stark, dass sich die Bewegung auf Irina übertrug, und abermals rannte sie hin und zurück, hin und zurück, unablässig den Horizont im Auge, die Ohren gespitzt, kurz und heftig schnaubend.

»Was hörst du denn, Bella, was ist das?«

Dann vernahm sie es auch. Zuerst war es ein fernes, dumpfes Grollen, wie ein anrollendes Gewitter. Es kam immer näher und Bellas Herz pochte schneller und lauter. Dann verstand Irina alles: Hufschläge. Hunderte und

Aberhunderte von Hufschlägen, und am Horizont sah sie die Pferde im vollen Galopp vorbeijagen, ihre Mähnen so weiß wie der Schnee.

Bella warf den Kopf in die Höhe und wieherte, ein langer, hoher, verzweifelter Ruf, fast ein Schrei. Weit aus der Ferne kam eine Antwort. Bella stieg, schlug mit den Hufen in die Luft, und dann ließ sie sich wieder fallen. Irina fühlte, wie sie in die Luft geworfen wurde, Schnee und Himmel wirbelten um sie herum, dann schlug sie hart auf den weißen Boden und alles wurde schwarz und still.

Als sie die Augen wieder öffnete, fühlte sie sich elend und schwindlig, Mund und Augen waren voller Schnee. Sie richtete sich langsam auf, starrte in die leere Ferne und die Stille dröhnte in ihren Ohren. Sie stand barfuß im Schnee, aber sie spürte die Kälte nicht. Sie wusste, dass sie sich eine Hand verletzt hatte, aber sie spürte keinen Schmerz, er saß ihr nur als Gefühl in der Hand. Sie war sehr weit von zu Hause entfernt, aber sie hatte keine Angst sich zu verirren. Sie wusste, dass sie einen Fuß vor den anderen setzen musste, doch sie empfand nichts dabei. Und sie drehte sich kein einziges Mal um, sie schaute nicht zu den wilden Pferden zurück, die Bella mitgenommen hatten.

⋆ 9. Kapitel ⋆

Irina lag reglos in ihrem Bett. Ihr Gesicht war bis auf eine purpurrote Schramme auf der Stirn schneeweiß. Ihr rechter Arm ragte aus der Steppdecke heraus und das Handgelenk war fest umwickelt. Sie schlief nicht, ihre Augen standen weit offen. Draußen vor der Tür sprachen ihre Eltern leise mit dem Arzt.

»Es ist nur der Schock … Sie werden schon sehen, in ein paar Tagen … Keine ernstliche Verletzung …«

»Schlafwandeln … Sie muss … Wir haben sie in aller Herrgottsfrühe in der Scheune gefunden, auf einem Stapel Stroh …«

»Nur in Ruhe lassen, keine Sorgen machen …«

Irina konnte sie verstehen, hörte aber nicht zu. In ihrem Kopf war alles stumm und leer. Draußen vor dem Fenster schien die Sonne, der Schnee schmolz und tropfte von den schwarzen Zweigen des Apfelbaums. Irina schloss die Augen und schlief ein.

Nach einer Weile wurde Irina wieder in die Schule geschickt. Sie war so still und brav wie immer, aber sie lernte nicht. Zu Hause gab sie Antworten, wenn sie jemand fragte, aber wenn niemand mit ihr sprach, verharrte sie in Schweigen.

Ihre Eltern schauten sie an und wechselten dann Blicke. Sie riefen den Arzt. Der Arzt schaute Irina in die Augen und in den Hals und drückte ihr hinter den Ohren auf den Schädel. Er sagte, vielleicht wüchse sie zu schnell, und verschrieb ihr eine bittere Medizin. In Wirklichkeit wuchs Irina jedoch gar nicht. Sie wurde keinen einzigen Zentimeter größer und ihre Haare wurden auch keinen einzigen Zentimeter länger.

Der Arzt sagte, vielleicht lerne sie zu viel. In Wirklichkeit lernte Irina aber gar nicht. Jeden Abend nahm sie ihre Bücher und setzte sich ans Fenster. Die schwarzen Zweige des Apfelbaumes bekamen grüne Knospen, die sich zu winzigen Blättern von blassem Grün öffneten.

Irina schaute zu, wie sich die Blätter entfalteten, und in ihrem Kopf war alles stumm und leer.

Die Sonne wurde wärmer und die Kühe wurden auf die Weide getrieben. Abends wurde Irina losgeschickt, um sie zum Melken nach Hause zu führen. Danach saß sie mit ihrem Buch vor dem offenen Fenster und schaute zu, wie die dicken weißen Apfelblüten von der warmen Brise gezaust wurden, die ihr Zimmer mit Duft erfüllte, und in ihrem Kopf war alles stumm und leer.

Am Baum wuchsen kleine grüne Äpfel. Als sie groß und rund geworden waren, wurden die Lüfte klar und kalt. Irina half ihrem Vater die Äpfel zu pflücken. Sie hatten immer zusammen Äpfel gepflückt, schon als Irina noch so klein war, dass sie nur mit einem Korb unter dem Baum stehen konnte.

Als ihr Vater daran dachte, was für einen Spaß ihr das gemacht hatte und wie blass und dünn sie jetzt ausschaute, tat sie ihm Leid und er fragte: »Wie wärs, wenn ich dir einen kleinen Hund kaufte? Dann hättest du Gesellschaft, jemanden, mit dem du spielen kannst.«

»Danke nein«, antwortete Irina. »Ich möchte keinen Hund haben.«

»Könnte dich ein bisschen aufheitern«, fuhr

der Vater fort. »Der Hund würde dir gehören, du könntest ihn selbst versorgen.«

»Nein«, schrie Irina, »ich will keinen!«

»Aber warum denn nicht?«

»Weil er weglaufen würde. Ich pflege ihn und liebe ihn und dann läuft er weg.«

Und sie kletterte hastig aus dem Apfelbaum und lief hinauf und schloss sich in ihrem Zimmer ein.

Bald darauf stand der Apfelbaum kahl und seine Zweige schlugen und raschelten an Irinas Fenster, vom ersten Winterwind gezaust. Irina saß da und schaute sie an, wie in allen anderen Jahreszeiten. In ihrem Kopf war alles stumm und leer und in dieser ganzen Zeit hatte sie niemals, nicht einmal in ihren tiefsten geheimsten Gedanken, den Namen ausgesprochen oder gedacht: Bella. Und sie hatte niemals auch nur eine einzige Träne vergossen.

Eines Abends waren Irina und ihre Eltern in der Küche und aßen Abendbrot. Über dem Heulen des Holzofens konnte man in den Schornsteinen ein schwaches Stöhnen hören.

»Das ist vielleicht ein Nordwind«, bemerkte Irinas Vater. »Pass nur auf, jetzt wirds bald schneien. Wenn erst mal die Wildpferde durchgezogen sind, kann man mit Schnee rechnen, so sicher wie die Uhr.«

»Wildpferde?« Irinas Gabel klirrte auf den Teller. Ihr Gesicht war ganz rot geworden.

»Sie kommen im Frühling hier vorbei, sowie die Schneeschmelze einsetzt«, erklärte ihr Vater. »Du hast sie noch nie gesehen. Sie ziehen zu weit entfernt von hier vorbei. Aber weißt du denn nicht mehr, wie einmal eins von ihnen auf den Hof geraten ist und ich die Hufspuren im Schnee entdeckt habe? Jetzt ziehen sie wieder zurück zu ihren Winterweiden, das kann jeden Tag sein, und merk dir das: Sowie sie vorbei sind, fängt es an zu schneien.«

Nach diesen Worten ihres Vaters hielt Irina jede Nacht am Fenster Wache. Sie tat nicht mehr so, als ob sie läse. Auf ihrem Schoß lag kein Buch. Sie saß gespannt und reglos da, die Augen auf den Horizont geheftet, und die Leere in ihrem Kopf füllte sich mit einem endlosen

Silbenschlag: Lass es noch nicht schneien. Lass es noch nicht schneien. Manchmal, wenn sie vom Warten ganz erschöpft war, schlief sie mit der Stirn am kalten Fensterglas ein.

Jede Nacht wartete sie und an jedem Tag wurde der Himmel niedriger, schwärzer und schwerer. Als sie dann eines Abends im Zwielicht saß, sah sie etwas langsam zwischen den Zweigen des Apfelbaumes herniederschweben. Es war eine Schneeflocke. Eine zweite folgte und eine dritte, und während der Abend ins Dunkel der Nacht überging, rieselte der lautlose Schnee immer schneller und dichter, bis nur noch ein Flockenwirbel zu sehen war.

Da wurde die lautlose Leere in Irinas Kopf mit Erinnerungen an Ritte im Schnee überschwemmt, an Felder im Mondlicht, an flatternde Mähnen und samtweiche Nüstern, die an ihren Füßen schnupperten, an donnernden Hufschlag und an ihren Sturz auf die eiskalte gefrorene Erde.

»Bella!« Zum ersten Mal seit jener Nacht sprach sie Bellas Namen aus. Dann rüttelte sie am Fenster, drückte es auf und rief, als ob ihr das Herz bräche: »Bella! Bella! Bella!«

Der Nordwind blies die Schneeflocken in ihr Zimmer, berührte ihr Gesicht mit eisigen Küssen, und Irina begann in lauten, halb erstickten

Schluchzern zu weinen, da sie nun endlich verstand, was ihr der Blinde gesagt hatte: »Behaupte niemals, dass irgendein Geschöpf auf Erden dir gehört, sonst wirst du bittere Tränen vergießen.«

★ 10. Kapitel ★

In jenem Jahr war der Winter hart. Hart für den Fuchs, der sich nachts um den gut versperrten Hühnerstall herumtrieb und dem die Rippen aus dem schütteren Pelz ragten. Hart für die kleinen Vögel, die erfroren von den Ästen in den Schnee fielen. Hart auch für Irina.

Sie hatte geweint, bis sie keine Tränen mehr hatte, und dann beschlossen: Wenn sie schon nicht glücklich war, so konnte sie doch versuchen freundlich zu sein. Sie fing also an sich mit ihrer Mutter zu unterhalten und ihr in den langen Arbeitsstunden Gesellschaft zu leisten, und wenn ihr Vater einmal einen kleinen Scherz machte um sie aufzuheitern, dann lächelte sie. In der Schule büffelte sie doppelt so emsig wie die anderen, um sie wieder einzuholen. Aber wenn sie des Nachmittags alleine heimging und das Geschrei und Gelächter der Stadtkinder hinter sich ließ, war ihr das Herz so schwer wie der graue schneeschwere Himmel, und es kam ihr so vor, als ob der Winter niemals enden wollte.

Doch jeder Winter hat sein Ende und eines Nachts, als Irina schlief, sprang das Eis auf dem Dach und rutschte herunter, schlitterte und zerschellte, bis in der Morgendämmerung ein wahrer Eisschlag auf den Hof polterte.

Irina schlug die Augen auf. Das Zimmer war mit einem kalten, rosigen Licht erfüllt. Die Sonne stand gerade über dem Horizont und der schmelzende Schnee funkelte in ihrem Licht. Irina hörte ein dünnes Geriesel von den Eiszapfen tropfen und dann löste sich wieder ein Brocken Eis vom Dach und begann herunterzurutschen. Und dann hörte sie Hufschlag auf den vereisten Pflastersteinen im Hof.

Irina stand auf und schlich vorsichtig zum Fenster, hatte fast Angst hinunterzuschauen. Bella war da. Sie stand jetzt ganz still, schaute und lauschte, und ihr Fell und ihre Mähne glänzten im gleichen kalten, rosigen Licht wie der Schnee.

Irina lief hinunter. Sie zog sich den dicken

Mantel über das Nachthemd und fuhr mit den Füßen in ihre warmen Stiefel. Sie versuchte ruhig und gelassen zu bleiben, aber das Herz klopfte ihr laut. »Bella …«

Bella erlaubte Irina, ihr den Hals zu streicheln, aber dann wich sie zurück und trabte schnell zur alten Scheune. Das kaputte Tor stand offen.

Irina schickte sich an, ihr zu folgen. »Bella? Bist du nach Hause gekommen?«

Ehe ihr Irina aber ins Innere der Scheune folgen konnte, brach Bella wieder aus, trabte geradewegs auf sie zu, beschnaubte ihre Brust, machte dann kehrt, sprang über das Hoftor mit seinen fünf Stangen und jagte in einem verzweifelten Galopp zum Horizont.

»Bella! Nein! Bella!« Irina stürzte bis zum Gatter und blieb dann stehen und schaute ihr nach, bis sie nicht mehr zu erkennen war. Bella war fort.

»Was ist denn da los? Was soll dieser Aufruhr?« Irinas Vater kam aus der Küchentür, halb angezogen, die Haare verstrubbelt über den Augen. »Irina!«

Irina drehte sich um, aber ihr Vater schaute sie gar nicht mehr an. Er blickte hinunter zu den Hufspuren im schmelzenden Schnee und folgte ihnen zur Scheune.

»Also, so was … Irina! Komm und sieh dir das an!«

Irina warf noch einen letzten Blick auf die Sonne, die über den ebenen leeren Feldern aufging. Dann lief sie zu ihrem Vater.

Er stand hinter der Scheunentür, dicht bei der Ecke, wo Bella immer gestanden hatte. Dort war Irina seitdem nicht mehr gewesen und sie verspürte auch jetzt keine Lust hineinzugehen, aber ihr Vater bestand darauf. Er packte sie bei den Schultern. »Schau doch, Irina!«

Das Stroh, das sie im vergangenen Jahr für Bella aufgeschüttet hatte, war immer noch da. Und mitten im Stroh stand ein Fohlen, ein kleines, vollkommenes Abbild von Bella.

»Das ist ein Stutfohlen und eine kleine Schönheit«, sagte ihr Vater leise.

Das Fohlen war zu schwach und erschöpft, um zu ihnen aufzuschauen. Es brauchte seine ganze Kraft, um auf den wackligen Beinen stehen zu bleiben, und eins, die rechte Hinterhand, hatte es leicht vom Boden gehoben.

»Nanu, es ist wohl lahm«, sagte der Vater, der sich vorgebeugt und es genau untersucht hatte. »Ist in einen Draht geraten …« Er wickelte ihn vorsichtig ab. »Eine Narbe wird bleiben, aber das sollte heilen. Darum hats die

Mutter zurückgelassen. Aber wieso sie es hierher gebracht hat, das ist mir ein Rätsel.«

Irina blieb stehen, wo sie war, ihr Gesicht war verzerrt vor Zorn. »Warum hat sie's denn im Stich gelassen? Wenn es lahm ist, hätte sie sich drum kümmern müssen. Warum hat sie das gemacht?«

»Sie müssen die Geschwindigkeit halten«, erklärte der Vater. »Wenn sie nicht mehr mitkönnen, werden die Mütter von der Herde gezwungen, ihr Junges zurückzulassen. Sie muss in ihrer Verzweiflung wie der Teufel gerannt sein, um es hierher zu bringen und die anderen wieder einzuholen … Falls sie sie wieder eingeholt hat.« Er klopfte auf die kleine blonde Mähne. »Also, meine Kleine, hier hast du auch nicht viel Überlebenschancen, falls Irina nicht den Versuch wagen will und dir Milch aus der Flasche gibt.«

»Nein! Ich will nicht. Wills nicht lieben. Ich denk nicht daran, mich drum zu kümmern. Ich will nicht!«

»Also, mach, was du willst«, sagte ihr Vater. »Ich hab immer gedacht, du wolltest ein Pferd haben, das dir ganz allein gehört.«

Irina stürzte aus der Scheune und schloss sich in ihrem Zimmer ein. Als sie zum Frühstück herunterkam, war ihr Gesicht immer noch blass und wütend.

Ihr Vater sprach gerade über das Fohlen und ihre Mutter sagte: »Wir haben doch diese Babyflasche, die wir immer verwenden, wenn ein zu schwaches Kalb geboren wird. Ich glaube …«

Aber Irina sagte kein Wort.

Ihr Vater beendete sein Frühstück und zog sich wieder die Stiefel an. »Bis zum Abend wird es eingegangen sein«, sagte er und ging hinaus.

Es war ein Tag ohne Schule. Irina half der Mutter im Haus und dann in der Milchkammer. Sie schöpften Sahne ab und füllten sie in kleine Gläser. Irinas Mutter schaute zu dem Regal empor, wo sie die Babyflasche für die Kälber aufhoben, und sagte: »Dich soll nun einer verstehen, Irina. Voriges Jahr hast du jede Stunde, die Gott dir gab, mit einem Spielzeugpferd in der Scheune verplempert und jetzt haben wir da drüben ein lebendiges, armes Geschöpf und du schaust es nicht einmal an.«

Irina arbeitete schweigend weiter. Aber ihr Gesicht wurde immer blasser und die Worte ihres Vaters gingen ihr unablässig im Kopf herum: »Am Ende des Tages wird es eingegangen sein.«

Sie sah Bella verzweifelt davongaloppieren, ihr tapferes Herz am Zerspringen bei dem Versuch, ihr Fohlen und ihr eigenes Leben zu retten. Sie spürte Bellas Nüstern an der Brust, ihr Vertrauen, dass sie half …

Plötzlich glitt ihr das kleine Glas aus der Hand und rollte über den Boden der Milchkammer. Sie holte die Babyflasche und packte die

Mutter am Arm. »Etwas Milch für sie! Gib mir etwas Milch für sie!«

»Wir nehmen sie warm von der Kuh«, sagte ihre Mutter. »Das hilft vielleicht am besten.«

Das Fohlen hatte es aufgegeben, auf drei Beinen stehen zu wollen. Es lag auf dem Stroh, die Augen fest geschlossen. Irina kniete sich dicht daneben hin und hielt ihm den Sauger direkt an die Lippen, aber es war zu schwach, um den Kopf zu heben. Sie drückte ihm ein paar warme Tropfen ins Maul.

»Stirb nicht«, bat sie, »bitte stirb nicht! Ich will mich auch um dich kümmern und dich lieben. Ich führ dich hinaus auf die Wiese, wo du Gras hast und Blumen und einen Bach, in dem du dir die Füße kühlen kannst. Und wenn du groß und stark genug bist, dann lass ich dich frei, dann gehst du deinen eigenen Weg. Ich werde nie behaupten, dass du mir gehörst, aber bitte stirb nicht.«

Sie schob ihre Hand unter den kleinen Kopf und hob ihn ganz sanft auf ihren Schoß. Als das Fohlen die Wärme spürte, stubste es seine warmen Nüstern gegen ihre Brust und machte die Augen auf. Es sah noch benommen aus, als ob es sich wunderte, wo es war, aber als ihm Irina den Sauger dicht an die Lippen schob, begann es zu trinken.

⋆ 11. Kapitel ⋆

Das Fohlen wuchs und gedieh bei Irinas liebevoller Pflege und das verletzte Bein heilte. Weil es mit dem sandfarbenen Fell und der Silbermähne so sehr der Mutter glich, nannte Irina das Stutfohlen ohne viel Nachdenken Bella.

Als der letzte Schnee geschmolzen war und die Sonne das junge Gras wärmte, führte sie Bella hinaus auf die Weide. Bella betrachtete die frische grüne Welt und ihre Samtnüstern nahmen alle Gerüche auf, die mit der warmen Brise zu ihr kamen. Mit einem kleinen glücklichen Wiehern begann sie auf der Weide hin- und herzurennen, sprang in die Luft und trat nach allen Seiten aus und stolperte oft genug über die viel zu langen Beine. Dann lief sie zu Irina und legte ihr den Kopf an den Hals.

»Magst du das, Bella? Wirklich?«

Aber Bella wirbelte nur herum und war schon wieder davon, galoppierte über das Gras, immer im Kreise herum, bis sie völlig atemlos war. Dann begann sie das süße Gras zu Irinas Füßen abzurupfen.

Irina wuchs auch. Weil sie nun alt genug war, über sich selbst zu entscheiden, suchte sie gelegentlich nach der Schule den Trödelladen des Blinden auf. Jetzt, wo sie sich gegenseitig verstanden, war er derjenige, mit dem sie am liebsten über Bella sprach, darüber, wie sie wuchs und groß und schön und kräftig wurde. Irina besuchte ihn so oft, dass er ihre Schritte bald erkennen konnte.

Eines Tages hob er seine kleine mausezarte Hand, um Irinas lächelndes Gesicht zu berühren, und sagte: »Ich glaube, du wirst auch groß und schön, Irina, genau wie deine Bella.«

Aber Irina sah das leichte Lächeln auf seinem blinden Gesicht und antwortete: »Bella ist Gottes Geschöpf, nicht meins.«

Die Jahre vergingen und Bella wurde groß und kräftig genug, um Irina zu tragen. Eines Nachmittags im Herbst, sie waren weit weg geritten und es war Zeit umzukehren, hörte

Bella plötzlich auf zu grasen und hob den Kopf und spitzte die Ohren.

»Was ist denn, Bella?«, fragte Irina leise und streichelte ihr den Hals. Aber sie wusste, was es war. Sie glitt aus dem Sattel und stellte sich neben das zitternde Pferd und wartete. Sie hörte die donnernden Hufe und dann sah sie die Herde, die im Herbstnebel am Horizont vorbeizog. Möge sie bei ihnen sicher sein, dachte sie mit einem Blick auf Bellas angespannte Glieder. Sie sagte kein Wort zu ihr, sie versuchte nicht sie fortzuziehen, sie beobachtete sie nur und wartete.

Bella warf den Kopf hoch in die Luft, ihre Ohren spielten und nahmen jedes Geräusch auf, ihre Nüstern jeden Geruch. Sie war aufgeregt und ihr Herz schlug laut und schnell, aber ihre großen Augen blickten verwirrt, als ob sie versuchte, die donnernden Hufe und den Geruch der Herde mit einer fernen Erinnerung zu verknüpfen, einer Erinnerung an eine Welt ganz in Weiß, an einen schrecklichen Schmerz, an eine fürchterliche Flucht durch die Leere und an warme Nüstern, die sie weiterdrängten. Alles war aber so fern, dass die Erinnerung ebenso verklang wie das Trappeln der Hufe. Bella entspannte sich, senkte den Kopf und graste weiter.

»Lass uns heimgehen«, sagte Irina und strich sacht über Bellas langen blanken Hals. »Es wird bald schneien.«

Genau an diesem Tag klärten Irinas Eltern einen Streitpunkt, den es seit Jahren zwischen ihnen gab. Sie zogen sich die ältesten Kleider an, rollten die Ärmel auf und gingen in die alte Scheune, um endlich und für alle Zeiten zu

entscheiden, was Sachen waren, die man noch einmal gebrauchen konnte, und was Gerümpel war, das eigentlich weggeworfen gehört. Sie waren noch beim Räumen und stritten sich über eine alte verrostete Pflugschar, als Irina und Bella von ihrem Ritt nach Hause kamen.

Vielleicht war es der verstaubte Kram, der ihn an den Laden des Blinden erinnerte, vielleicht aber auch das Geräusch der Pferdehufe, das im Hof aufklang, Irinas Vater lachte jedenfalls plötzlich und sagte: »Kannst du dich noch an dieses Weihnachten erinnern, als sich Irina in den Kopf gesetzt hatte, ein mottenzerfressenes altes Spielzeugpferd geschenkt zu bekommen?«

»Jaja, in dem Alter war sie merkwürdig«, sagte ihre Mutter.

»Damals schon, aber zum Schluss ist sie doch ganz gut geraten. Ich hab bloß dran denken müssen, was mit diesem Pferd passiert ist.«

»Das hab ich ganz vergessen«, antwortete die Mutter. »Sie wars wohl am Ende leid und hat es weggeworfen.«